鏡像攝影

鏡像攝影

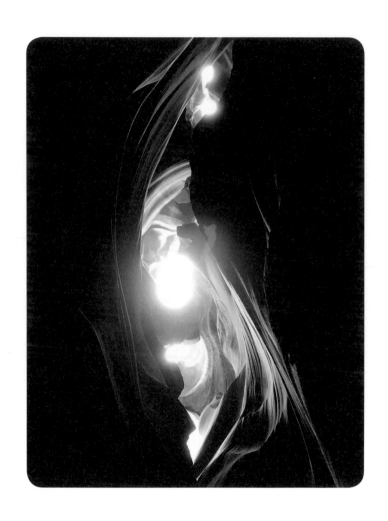

鏡像攝影

鏡像攝影

祥瑞

鏡像詩集

郵寄

鏡像 ○ 著

緣起　結緣

因緣相

我是你的緣份
　　是隨緣的奇蹟風光
我是你需要的
　　隨緣顯現的
　　　　圖騰和任何物像
我隨心寫的詩
　　有緣看的人
　　　　什麼樣子的心
　　　　　　得什麼樣子的意相
愛得愛　恨得恨
　　其它的心
　　　　就得其它的境相

有什麼樣子的心相

就有什麼樣了的模樣

都是心投射的鏡像

又讓心不斷地妄想

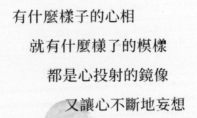

祝願有緣的人如意吉祥

陳舊的衣紗

原來是已久的畫

它也有鮮豔的年華

煙燻的生涯

只是折舊了無瑕

故事藏在春秋冬夏

目錄

CONTENTS

目錄

CONTENTS

目錄

CONTENTS

目錄

CONTENTS

用絲絲細雨

把你的清新寫進春季

自然的妙筆

是我心雨的思緒

伴著微風徐徐

成了芬芳的消息

成了雲煙的 一縷

化成了我你

眼角有些潮濕

眼角有些潮濕

要下心情的雨絲

你秀麗長髮的樣子

正在鬧市裡遠離

不知如何處理

那要漫水的心堤

內心快要窒息

情緒的洪流難以抑止

不知怎樣收拾

噴湧的心緒

佔滿了情感的心地

扯起一片記憶

都是破碎的花衣

拿起 ·縷相思

都是疏離的情詩

像皎潔的月

想親暱　卻遙不可及

雨淋濕了花朵

看細雨飄落

淋濕了春天的花朵

濛濛的細雨

朦朧了花朵的輪廓

一念情的執著

想過去觸摸

一場情感的夢裡

為何不見淡泊

心似著了魔

心情就起了火

不知外境是心的臨摹

境相裡的你我

好像是失魂落魄

產生了時光交錯

心生了花朵

只是　念閃過

就因內心的寂寞

情感飢渴的荒漠

妄念生了真多

妄心的情感墜落

其實只是

妄心的意馬跑過

夢醒就會見

冰封的思念

瀰漫在雪花漫天

片片折射清寒

出不了結界的冬天

想看你一眼

你好像在天邊

像雲煙一樣散去遙遠

只有夢裡相見

在三寸的心間

有山　有平川

有清澈的湖

也有長河蜿蜒不斷

只是你在心中的林間

為何卻難找見

不為了嬋娟

只為了一眼的眷戀

夢裡的掛牽

原來是心起的誓言

撒了一地繽紛燦爛

花了眼　夢醒就會見

希望的腮紅

舉美酒一盅

將知心好友相送

從此　隔著山　隔著水

惦記著她漂泊何從

空中一隻孤鴻

淒厲聲飄散空中

只是心難懂

命運和緣份

讓兩人難以相擁

又是月朦朧

聽流水似樂叮咚

如行雲在蒼穹

只是沒有相逢

更不知其歲月枯榮

思念化成了長風

吹來了寒冬

心和天地相同

期盼著靄靄白雪裡

有希望露崢嶸

那是梅花的腮紅

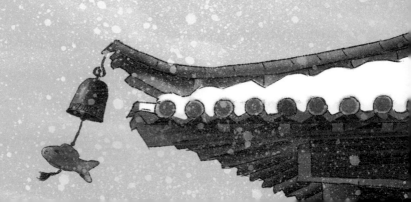

陷阱裡的溫柔

你微笑的溫柔
將我的心悄悄帶走
從此　心開始漂流
不知哪裡是盡頭

好像沒有了自由
被你綁架後
溫柔只是一個藉口

那是墜落的時候
在陷阱裡看著
黑夜與白晝
卻並不盼著被拯救

也不尋找出口
只是依在角落駐留

忘了時間多久
只是氾濫著念頭
幻想的溫柔
成了真正的擁有

細 雨

用絲絲細雨

把你的清新寫進春季

自然的妙筆

是我心雨的思緒

伴著微風徐徐

成了芬芳的消息

成了雲煙的一縷

化成了我你

那一彎的虹霓

是山的彩衣

那一串的笑語

是山間的清澈小溪

你那春暖的倦意

也是潤心的雨絲

留戀的小憩

縱放了情感的珍惜

浮華即花

早上清冷的霜花

黃昏裡的殘霞

走了東西地球

原來它們開滿了天涯

只是命運短暫

不要去把它們牽掛

陳舊的衣紗

原來是已久的畫

它也有鮮豔的年華

煙燻的生涯

只是折舊了無瑕

故事藏在春秋冬夏

山上的寶塔

山林中的古剎

木魚撫平了多少傷疤

風鈴有了多少問答

佛經洋洋灑灑

鑒證了人間浮華

迷途的小鹿

滿懷的愛意

卻帶著一些淒楚

遠處的山　繞著迷霧

悻悻然　不見山頭顯露

心靈的霧

將心靈的窗戶

美麗的雙眼遮住

樹葉滴下水珠

濕了樹下的菊花

沒有蝴蝶飛舞

也沒有蜜蜂採蜜

只有樹的淚滴

濕潤著菊花的笑臉

在上面安住

不知是情深的心意

還是無明的水氣

水珠折射的七色塵世

就是人生的路

就是夢幻的四季

像迷途的小鹿

亂撞在妄想的心懷裡

如果……

如果能穿越時間

回到皎潔月光下的那晚

我想說　喜歡你

好願意和你聊天

並且許個願

鐫刻在如銀的寶鑑

如果能回到從前

我想生命只是奉獻

以前好像沒有概念

好好地把握當下

智慧地實踐我的夙願

用整個的生命

把愛寫滿天地間

備註：寶鑑是寶鏡，鏡子的美稱，亦喻月亮。

夢裡　霧裡

夢裡起相思
霧裡寫詩詞
萬般的思緒
心動的漣漪

將愛畫在心室
那是雲雨顯示
相思眼淚一池
畫是夢裡旖旎

故事是事蹟
心念是形識
想在南山棲
業風吹歸期

心情 風雲雨

風兒請停一停

帶上我的歌聲

到遠方飛行

歌聲有無限的真誠

願與有情相逢

雲兒飄浮輕輕

願意隨從夢境

飄到那座高高的山頂

那是心意的住停

因緣的深情

淅瀝的小雨濛濛

雖然雨滴晶瑩

天地卻混濛不清

我坐在河畔小亭

觀著小雨下個不停

緣聚緣散

身不由己地

被命運的風吹散

像寒冷的秋風

吹散了樹葉片片

從此　聯繫中斷

不知緣份的船

把你載到了哪邊

內心深情地呼喚

不知是否傳到你的耳邊

人生的路漫漫

你的長髮是否凌亂

是否飄零孤單

雖然我們已經畫下了句點

沒有情緣的圓滿

我卻希望你像春花絢爛

有輕柔的春風溫暖

被業力的風吹遠

看著情緣消散天邊

有來就有去

明白了緣聚緣散

只是說聲再見

心想纏綿

影像在眼前浮現

又翻轉了幾重天

與你瓊漿玉液相醉

一生堅定追隨

修行覺悟返璞真歸

霓虹彩色凡塵紛飛

擾亂了心緒

心中的慈悲願行無悔

紅塵風月輪迴

我將慈航人間回歸

不怕生命憔悴

隨佛師度一切苦厄

悲心大雁南飛

曾經吻過你的眉

世俗來回千行淚

誓願與你相陪

地獄空　天堂歸

與你瓊漿玉液相醉

心動　扯動了琴弦

情懷沒有改變

想念還在滋潤著心田

茫茫人海卻把你思戀

讓人夢縈魂牽

也可能與你相欠

情思纏繞綿綿不斷

不知有了多少夜晚無眠

心動　扯動了琴弦

彈一曲嚮往的遙遠

心波盪漾著漪漣

你的甜蜜的笑臉

融化了心的容顏

在生生世世的夢鄉

一直播種春花在心田

愛戀猶如綺麗的夢幻

猶如鮮花滿園的春天

心動就在春暖的瞬間

芬芳的花季為愛情鮮豔

別讓恍惚蹉跎了時間

絢麗只開在美麗的雙眼

因為那是心的夢幻

淚水迷濛了瞳孔

本來兩手空空

為何扯著不放情濃

就像嚴寒的雪冬

夢　送來溫暖的笑容

就再也不願意相送

茫茫白雪又是嚴冬

心生迷茫的惶恐

嚴寒和分離有些悲鴻

舊日情境讓心朦朧

淚水迷濛了瞳孔

來也空空　去也空空

為何放不下情衷

為何見了又心動

生命來去匆匆

為何總是讓自己心痛

麻醉空虛的酒

心中的夢已舊

茫然地回首

卻還是在心頭

經歷了許多情愁

還有甜酸苦辣的憂愁

我還是堅持等候

迷茫的情感

還在繼續纏繞心頭

一切的苦難感受

讓心多少淚流

喝一杯苦辣的酒

讓心一醉方休

忘掉懷念的溫柔

因為過後就是空愁

放下一切情愁

不要依戀虛幻的碼頭

看穿麻醉心的酒

那是虛幻難忘的溫柔

珍 惜

一生一世

把你在心裡珍惜

因為你的善良感恩

覺著你最美麗

想悄悄地告訴你

你在我的心裡

漫步在濛濛細雨裡

體會著輕輕的手觸

如同相偎相依

柔情的蜜意

讓心陶醉在

心生的彩色圖畫裡

心中的畫筆

展現著憧憬的神奇

一筆涓涓的細流

一筆微風輕拂

一筆紅霞浪漫了心意

讓人情思著迷

朝朝暮暮

牽手在河畔的小路

一起溫馨共度

鮮活了草草木木

悠閒地散步

刻骨的情意如初

春風的承諾

春風對鮮花有承諾
會將溫暖送到每個角落
不讓花的蓓蕾寂寞
春風到了季節的相約
溫柔就在自然裡穿梭
溫暖輕撫所有的山坡
真誠　任何花蕾都不會放過

等到春花芬芳的時候
大愛溫暖的春風
依然會深情地對鮮花說
愛你們到地老天荒
你們開心豔麗
是我要的天堂的結果
是真心不變的願望承諾

問

明知人生是一場遊戲

明知是虛幻不實

為什麼會愛上你

為什麼心裡都是你

為什麼心裡會有

朦朧的濛濛柔情細雨

真想對著天哭泣

讓淚水化成天上的雲氣

對你說一聲愛你

相思眼淚化成溫馨的小雨

明知是虛幻的遊戲

還是愛戀著可愛的你

你已是畫

是心念的硃砂

點出了精華

你居住在天涯

幽了千年的心呀

何時在細雨下

破土了開花

雨是天的心情

淋過不同的雨

心也在不同的雨裡

有急有緩

有狂暴粗魯

也有柔軟如細絲

還有不同的四季

它會變幻形式

都是天上的水滴

卻是情緒

在不同的時日

拉開那神秘的雨幕

發現　老天

也是隨境和任性

在無常的心裡

命運的海關

人生　情生痴怨

雨來了生愛戀

風來了生恨怨

生活的路是萬重山

心不在故鄉

卻喜歡在遠山

心行是隨筆一卷

印了花的信箋

只是不知如何寫完

情感的山澗

流出了千里山川

卻過不了海關

你已是畫

你已是畫

是心念的硃砂

點出了精華

你居住在天涯

幽了千年的心呀

何時在細雨下

破土了開花

一席心裡話

卻起了黃風沙

不想隨著它

卻頂不住風刮

躲進了心塔

又捂出了新芽

你這妖精

魂魄怎不入畫

心裡的蘭槳

雲海一片蒼茫

海面遊艇輕盪

劃出浪花悠悠情長

將海天成了詩行

鑲嵌情侶歡喜的模樣

成了時空的流光

自然的流波跌宕

無需執著墨香

心裡的蘭槳

翻了心花朵朵的波浪

輕盪　輕盪

無盡的情思幽長

郵 寄

山川似曾相識

由著我心痴

好似前世的記憶

只是沒有了你

人生若能寄

把我郵寄到你心裡

在夢幻的江湖

任你我遊之

沈浮時

將心化成氣

一氣成山川水溪

自然地流之

來世河畔折柳

心中一念憂

碧池起了波皺

從此一溪　水長流

載著歡喜憂愁

心念生形識

化成人生如夢相守

演繹的相思

像風煙充滿了衣袖

還有美麗的紅豆

能使人為此消瘦

又像是美酒

醇香讓人上癮

無明不覺有咎

在心中彌留

來世為情河畔折柳

心無休　心無休

似有桃花愁

覺著牽錯了手

都因為塵世的酒

殊不知　那是

千年的因緣隨夢走

就因為你的溫柔

一路走到了白首

歲月悠悠

度過了多少冬夏春秋

從此　有了眷念

心被感恩浸透

只是那皺著的眉頭

怎樣才能不朽

跳出三界五行

走出六道輪迴的港口

聖人之風流

清晰在朝陽彩霞後

大慈大悲利他走

那是天堂的錦繡

只是人間的故事

似有桃花愁

也求所非求

只是雲高風淡依舊

心猿難以約束

心猿難以約束
在境相裡迷路
人生如夢　如酒一壺
一瞬之間
萬年只是彈指
輪迴紅塵多少世
情感糾結還是相顧
冤冤相報的緣故

沈浸在夢幻裡
經歷世間人生八苦
執著財色名利
情念牽扯糾纏
桃花在何處
萬般心意的情愫
一會兒癡心妄想

權和利益相顧
蛇吞象　貪心不足

念念形識的思緒
魂魄安住在何處
世間的浮華　如浮雲
最後還是走黃泉路

七情六慾和著酒入肚
伴著血淚入土
心卻不常駐
因緣而散而住
又釀新酒一壺
情感糾纏如故
又一世故事如初

萬般的心念是畫圖
是片片的鏡像思緒
七色的影像入目

從小觀日出
老年回憶時伴著日暮
身不踟躕　心踟躕
力不從心　情歸何處
大夢醒時
只是緣來緣去
只是夢裡生死不負

妄心妄念的刀子刻骨
立一墓碑　字無
萬年之後　只是塵土
心靜寂了　無有無
沒有十法界入目

沒有心猿入土

沒有心隨緣安住

真乾淨　沒有了名相題目

心是陰霾也是虛空

黎明的天空

雲氣來勢洶湧

不見太陽

也不見彩虹

像心中的陰霾

遮蔽了瞳孔

一切都變得晦暗

無法形容

我不能與天

決一雌雄

希望坐禪讓心靜空

八苦太沈重

輪轉是生命之塚

願望解脫

佛法讓妄心不動

畫一道美麗的彩虹

將天堂聯通

心在無垠的虛空

時間的航舟

江上行走的輕舟

讓水起波皺

劃破了平靜的水面

驚了一群鳥鷗

順風還是逆風　最終

必然靠棧橋碼頭

所有的航行

只對暴風驟雨懷愁

從古至今　行舟之人

換了多少白頭

歷經歲月滄桑

歷史的長河悠悠

喝一罈子酒

看天下以新換舊

浩然天地

青山綠水長久

沒等春意暖

碧波瀲漾

舟上人起相思

卻無法傾訴

一生太倉促

來去匆匆

沒等春意暖

已到了寒風回顧

不知心在何處

今生會將誰來負

醉生愚癡

夢幻裡不出

寫一篇荒唐書

來世將債付

如夢幻的紅唇

你漂亮的嘴唇

訴說著心中的愛恨

以及浮生的命運

故事就是有緣的人和人

不管是飛黃騰達

還是無奈的沈淪

都是過眼的一世浮沉

即有秋也有春

心聲最難聽清

有人說那是海底針

其實男人和女人

心　都很深

只是人和人比有淺深

真心假心就更難分

只是看命運和福氣

誰的　更安穩

沈淪與風華

只是短暫的命運

只是一個回首轉身

只是生命長河的轉瞬

一粒因緣的飛塵

追求安穩的浮生

夢幻泡影是真

都在浮沉的心念裡

嘴唇幾度化風

幾度生滅　逝了愛的吻

妄心執著在

妄念相續的境相紅塵

製造天地鏡像

製造生命的生死沈淪

如夢如幻的紅唇

衣 服

披一件彩色的衣服

心執著在戲裡

心動的濛濛細雨

淋濕了鮮花一地

如畫如詩

心中的柔風甘雨

醉了性情中人的心意

風難停住

吹了千載萬古

迷了眼睛的心識

看著風帆

繼續行走萬里

不知是迷途

業風吹走了衣服

赤裸著身子

心中還以為

自己穿著國王的新衣

愚癡的心裡

只見偏執的歡喜

捨棄了我慢

捨棄了貪嗔痴慢疑

心清淨了好看戲

戲如同在夢裡

只是　行者如何看待

願不願意隨緣演戲

寂靜 清涼 逍遙

孤獨　如此寂寥

人間正道

卻是如此的煎熬

堅定的信心

佛師是依靠

大愛是碧若瓊瑤

慈悲甘露寂滅塵囂

菩薩輕輕撫心

盡顯無量溫柔之好

愛戀猶如家貓

只是內心貪戀的需要

小鹿亂撞

動心就在心識做了記號

看似湊巧

卻是因緣際會

修了千年的情熬

執手情果

希冀著天荒地老

遙遙無期的情耗

無底洞的需要

紅顏千般的媚嬌

只是雲霧妖嬈

上柱清香

靜謐幽香徐徐地飄

讓心進入九霄

隨心飄搖

寂靜清涼逍遙

沒有無奈的寂寥

物極必反

內心有了厭倦
眼淚已經流乾
不想留下任何語言
也不想再讓你看見

感覺非常的遺憾
情緒讓心痛繼續地蔓延
為什麼還有思念
像迷霧一樣地氾濫

寂靜的市郊夜晚
你以前身影還是出現
揪心放不下的掛念
時間竟然沒有把它沖淡

以前追求的浪漫

虛榮施展著需要的表現

當隨波逐流到了極限

就忽然走向了反面

那份內心的疲倦

心樓　忽然之間塌陷

就像風中的花瓣

隨著風兒四處地飄散

情迷 何時到天邊

飄泊在浮塵世間

彩色就在眼前

眼花撩亂

容顏情動心間

歲月如煙

情飄眉目之間

滄海桑田

轉眼之間

情絲讓人思念了千年

一瞬的笑談

確定了情緣

浪漫的細雨花艷

卻難隨人願

感嘆諸事無常

像一縷飄散的輕煙

前世緣　今世伴

一生若能如初見

天長地久不換

情深處　隨心飛遠

望斷南飛雁

甜蜜依然心中現

要是能再相見

萬物千年都可換

癡迷相思情念

延綿了幾世愛戀

卻不知　舊夢新夢如幻

情迷何時到天邊

遍尋不著難如願

世間沒有永恆不變

如夢幻泡影

也是心現

不要執著色空的轉換

不管幾世幾百年

不管風雲如何變幻

我會記得你真誠的眼

真心情義會到永遠

逍遙由心

不要庸人自擾
哪怕孤獨也要逍遙
像一首浪跡天涯的詩
賦予地廣天高

不需要天荒地老
更不需要神魂顛倒
放下執著煩惱
無需躲避潛逃
心中　神仙居住的仙島
吃了蟠桃自在逍遙

感嘆浮沈

情感的溫存
為什麼會有痛心的傷痕
炙熱的情愛
為什麼也會生出恨

只是一念的執著
輕輕地一吻
你誘惑的香唇
從此　就在情海裡浮沈

夢裡的心魂
旅遊在凡間紅塵
忘了這是顛倒的乾坤
從此會有多少的淚痕

心迷　怨恨和感恩

情思妄念　糾纏不分

心妄　心真

不要忘了頭頂三尺有神

花開花落看破鏡像紅塵

佛法慧劍絕塵

不再凡俗裡迷思

放下執著難忘的相思吻

禅

菩提本无树
明镜亦非台
本来无一物
何处惹尘埃

不經意地

招惹了心意

在紅塵裡遊歷

觀看如幻的塵世

品嚐著陷阱的糖蜜

睡著了

沈睡在夢裡

戲 詞

夜色裡一聲嘆息

是因憶朝夕

青春隨著風去

化進塵埃裡

煙雨只是隨緣的戲

一會兒著彩衣

一會兒又著淡雅素衣

在虛幻的戲院裡

成了一個戲迷

心裡的情思

一抹情濃成了戲詞

問一聲啊 天地

情 為何難以堪記

嚴謹記憶的畫筆

記錄了時光 以及

桃花開落的痕跡

動心地唱一曲

竟然成了情感的詩

一風吹走了大雁

一風吹走了大雁
吹走了輪迴了多少遍
只有靄靄白雪
悄然地覆蓋了花年
白茫茫地空白了心現

夕陽留戀的庭院
樹上連枯葉都不見
心裡的連綿思念
眼裡的期盼
化成淡淡的憂傷蔓延

夜裡沈默無言
時間也回不到從前

只有那幽靈般的心念

可以穿越到從前

讓舊時光又入眼簾

曾經的只是擦肩

煙雲飄了千年

那夢幻過去了的河畔

寒風吹走呢喃

茫茫塵世　茫然出遺憾

印刻在虛空上

真誠一念梵唱
轉經筒也隨著輕響
我把真誠的願望
印刻在虛空上

不管是朝陽
還是西沉的夕陽
那都是分別的妄想
清淨寂滅了
才是覺悟的殿堂

菩薩和眾生
也是心念的形象
回首處一望
佛就在自己的心上

心的色相

生活的滄桑
是心路歷程的蒼涼
雖然是夢一場
為何卻斷腸

觸景的隨想
衝開了心靈一扇窗
心念的鏡像
就是難忘的心想

畫上一臉妝
那就是你心的色相
隨性的哼唱
口渴了喝孟婆湯

心念的故事

聽　那一聲嘆息
那是人間的淚雨
生死離別　也不捨棄
還貪執著世間道路

鏡像裡的風鈴
搖不醒無明的醉意
一首哀怨心曲
期盼著望天尋覓
那八苦的傾訴
不知答案在心裡

無處郵寄
那輪迴的夢幻物語
是眾生迷惑的魂魄
寫在自己的眉宇

細雨濛濛潤澤

是滅火宅的甘露

一念的慈悲

將乾渴的生命淋濕

甘之如飴

心　不再乾枯

功德流傳千古

卻是自性生了萬物

心念演繹的故事

心念寂靜了

就寂滅了萬事萬物

平常 隨性自然

活著只是自然行

平常　隨性

圓月點亮了夜燈

暮色裡風冷

不聞鳥雀聲

只聞草場上的小童

喧鬧聲正盛

隨性 沒有究竟

冷風徐徐清清

心兒安詳靜靜

輕輕的風繞身如藤

心像漫步在小徑

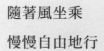

隨著風坐乘

慢慢自由地行

耳旁迴響著

禪堂悅耳的磬聲

內心自在清淨

事物皆有氣數

諸事已盡的氣數
相聚的因緣已相付
轉首相顧
留戀無助
事物必散是同歸路
其實是天數

懷念的繾綣美麗
想再續簡牘
執著的心　不願相見
人物皆化作塵土
只是夢中四季
只是晨曦暮色幾度

紅塵一世

有多少相伴晨夕

貪嗔痴毒

隨情已經入骨

埋下伏筆

因緣果報的種子

是新的命數

心中感慨高歌一曲

執著的心意

混酒幾壺

只得到情感的回顧

望斷不歸路

只是一堆黃土墓

你在哪裡　心在哪裡

夢中　紅塵裡來去
因緣的生命裡
受牽扯的心意
是靜靜微笑的你
只是　我的心卻不知
你產生在心裡

不捨的東西
是情執的習氣
那是自己的領地
以及自己的事物
選擇留下或捨棄
那是心兒的分別選擇
造成的歡喜偏執

一念之差矣

現天堂或地獄

或是人間虛幻的天地

十法界　心即是

妄心造的儀器

觀看心投射的宇宙

那就是心念的形識

形成的鏡像圖示

時空是心動的夢幻

妄想即在心裡

美麗在愛裡

醜陋在厭惡裡

都是在心裡

分別執著的心

產生鏡像的形識

卻不知心究竟在哪裡

風吹走了你的花影

風吹走了你的花影
也吹走了你的夢
你的馨香也隨風遠行

你朝著東方帶走了情
也帶走了彩雲
隨行的彩虹似你的身影

淅淅瀝瀝的小雨濛濛
似心中情絲飄行
絲雨化出了鮮花滿行程

觀夜景感嘆

山上幽幽燈火微

寂寥暮色相配

筆難彩繪

山間溪水

涓涓不息聲脆

不知何樣心境相隨

人生不過百歲

煩惱伴隨

身心太疲憊

秋風已吹

百年後白骨成灰

不知你是誰

妄心卻立一牌

想和天地一樣進退

沒有苦樂喜悲

沒有眼淚

只是像山上燈火微

隨緣相陪

沒有諂笑眼眉

淡淡地 挺美

誰與我禪茶一味品嚐

涙水為什麼在流淌
哭空了孤獨的心房
過去的因緣回首望
幾日歡顏　幾日憂傷

泡杯清茶靜心觀望
幾片茶葉飄在水上
酌飲青黃色的茶湯
茶香熏淡了紅塵火旺

誰與我禪茶一味品嚐
那清心靜謐的清香
瞬間消弭了圍心的城牆
融進了無礙的安詳

經歷了凡塵的風霜

難忘情義的目光

慈悲的心腸　升起佛光

把解脫的法衣為你披上

卻不與風相醉

不知想了幾回

心在遠處飛

天色已黑

還是不知道回歸

賦予東風心疲憊

慈愛的心有些破碎

你像盛開的紅玫瑰

在風裡輕輕地搖曳

卻不與風相醉

那美麗花的花刺

刺傷了柔風吹

寒冷冰粒在心中墜

大愛的淚水

是內心的慈悲

只想給予有情的誰

請敞開你的心扉

品嚐愛的滋味

真誠的愛心絕對

滋養你成天堂的

美麗無刺的紅玫瑰

虛妄的夢中境像

夢斷了　情受傷

站在小河岸旁

看著河水流淌

河面是破碎的月光

不能折射清楚的模樣

你已經去了遠方

不在我的身旁

舊夢已經消散

只能遙遠地瞭望

再也不能兩心相望

命運使你遊走他鄉

沒有了你的消息

以前相處難忘的時光

像風吹的遊戲 ‧場

心　從此又開始了流浪

不要悲哀憂傷

六道輪轉的河水裡

繽紛的故事隨著流淌

那只是妄念的心想

虛妄的夢中境像

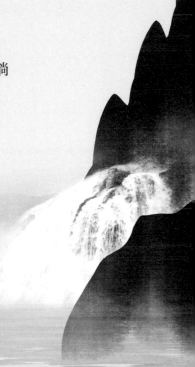

修 行

叩叩聲的木魚
被敲來敲去
沒有人問它願不願意

敲木魚的修行人
木魚聲是否把你帶入
空靈安詳的靜寂

廟旁潺潺的小溪
河水清澈見底
讓人體悟自然隨意

溪水裡的小魚
自在地游來游去
你沒有燈紅酒綠

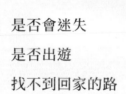

是否會迷失

是否出遊

找不到回家的路

不經意

不經意
輕輕地說了一句
就招惹了你
從此揮之不去

不經意
輕輕地抹了一筆
就成了證據
從此糾纏一世

不經意
輕輕地吻了一次

就心動不止

從此輪轉四季

不經意地

招惹了心意

在紅塵裡遊歷

觀看如幻的塵世

品嚐著陷阱的糖蜜

睡著了

沈睡在夢裡

情果落時　即是種子

因愛恨交織一起
狠心地了斷了情絲
再也不會相思
希望從此不相見
來世再也不相識

其實　因緣的關係
來世還得相遇
那是緣份天地
大自然的因果規律
雖然已經不知道
今世的情感牽扯緣故
不知道今世的名字
命運還是要演繹
精彩的愛恨故事
情果落時　即是種子

斬不斷的情絲

無明的妄心情癡

流著癡情的淚水

又寫了愛恨的延續

糾纏不清的浪漫情詩

迷醉在妄心妄念

慾望輪迴的心海裡

請不要堅持你的固執

兩人為什麼相遇

那是業力相隨

兩顆心　緣份業力交織

請喝一杯佛法的咖啡

只有大慈悲的智慧

才能斬斷業力的情絲

流浪 心卻在故鄉

白雲流浪
我驛動的心房
也隨著去了遠方
想看看四方

房前的小池塘
寂寥的時候
經常坐在它的身旁
揮手道別了依戀
一切成了過往
幾滴淚流淌

微暖的陽光
穿過爬滿蔓藤的迴廊

暖心地在生命裡流淌

我穿著衣裳

卻離開了故居的房

離開了心中

情感繫著繩子的故鄉

還有爹娘

心像風一樣

隨緣跑著

觀看新的景象

燈紅酒綠在瞳孔上

卻不暖心腸

隔著玻璃牆

輪迴的雲雨

塵世人自私
為己說流言蜚語
憑空無風浪起

因緣的嘆息
怨念糾纏在一起
冤冤相報的心念
有了形識
成六道輪迴的塵世
只是緣來緣去

猶如夢幻

心念泛起的漣漪

連綿不斷到今日

書寫著一首

冤冤相報的歌曲

心是什麼　無知

真心妄心搞不清楚

綿綿輪迴的雲雨

心生煙雨情留

那是前世動心揮手

一縷情絲溫柔

卻添了無數情愁

綿綿不休

此情不變悠悠

輪轉的河水長流

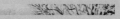

滄桑 卻夢幻不夠

滄桑起了臉上的皺

歲月雕刻了憂愁

曾經愛戀的紅豆

有了希冀的空守

只是幻想

蹉跎了歲月白頭

妄念守候

心生煙雨情留

那是前世動心揮手

一縷情絲溫柔

卻添了無數情愁

綿綿不休

此情不變悠悠

輪轉的河水長流

江山未老紅顏已舊

雁來雁去不休

情執未丟

輪迴已叩

只是雲雨殘留

走過時間的漏斗

夢幻不夠

心 影

珍愛一束花

在心裡將她畫下

走到哪裡

都可以欣賞她

我想安個家

命運卻走天涯

糊裡糊塗

就虛度了好年華

靜思一壺茶

看著天邊的晚霞

無人說話

心已到了月光下

人世間的繁華

就為了幾尺婚紗

夫妻結髮

即是有了個家

在心裡建了籬笆

只是為了圍她

可是籬笆

卻建在自己的心呀

畫了一幅畫

有一地的落花

天上水中

為何各一個月牙

好熟悉的誰

煙消雲散　留了氣味

前世早已成灰

那一杯忘情水

今世讓心碎

追逐著前世的結尾

卻不知道其滋味

那是前世的夢寐

今世的回歸

只是業力糾纏才相陪

好熟悉的誰
竟然只是為了她
才過的奈何橋
喝下了輪迴的忘情水

執著了就不退
無盡的煩惱
在今生把玉打碎
沈墜了　無言以對

情起的臉龐

細雨綿綿的殘香

打濕了衣裳

雖然有些微涼

我看到了你開的天窗

獨自走在雨中的路上

天雨朦朧撩人心癢

抹去了憂傷

是期待的臉龐

猶如醉夢一場

是雲雨勾起隨境思想

沒有月老之光

為何紅線隨著風雨輕揚

生命是碑

將生命化成灰
就不用進入墳堆
更不用立碑
讓一堆方塊字聚會
情願遍灑一段情
振聾發聵
佈施一念慈悲

生命歷程的行軌
是看不見的記述文
寫在天地的帳帷
沒有卑賤尊貴
死亡是平等相配
只是一縷煙雲
化成飄落的散灰

我是一粒塵埃

心製造高貴和卑微

製造是與非

還有一串枷鎖負累

本來無一物

為何生一花心醉

佛在清淨處

皆空　墓碑非碑

豐碑即是墓碑

既然要長睡

還是將生命

化一念大愛慈悲

夢裡的詩

看落花幽幽庭院

望著河畔楊柳依依

吟唱一首相思曲

只是為了想你

隔著千山萬里

記得那是一個雨季

我坐飛機去看你

一路心裡全是詩詞

腦海全是展開的畫卷

似杏花春雨

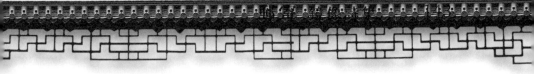

讓心滾在紅塵裡

今生又有了來世

種下愛的種子

來世會將你尋覓

一首心念的詩

跌宕起伏到來世

又是在春風裡相續

又是綿綿十里桃花季

那是新一輪夢裡

桃花　佛塔

已逝的年華

變成了月光一樣的牽掛

喜歡的朝霞與晚霞

已經到了天涯

曾數過幾季的桃花

又折枝回家

美麗枯榮剪刀下

偏執散了芳華

有一河叫流沙

吞噬了多少美好年華

藍色的妖精

轉念乘上菩薩的法

體驗一味禪茶

觀世界諸法如畫

也如鮮豔桃花

不如心建一座佛塔

遊戲紅塵中

供一盞燈
跪地叩拜真誠
將生命供奉
用慈悲的大愛
與有情相擁

供奉的情衷
與您在紅塵相融
身心清淨明通
菩提心願響徹蒼穹
琉璃明澈在東

塵世煩惱中
相互道一聲珍重
情深與共

人生步履匆匆
別讓妄心捉弄

一夢遊戲心動
榮辱與共
八苦讓人惶恐
命運讓人心痛
只是虛幻青塚

光陰荏苒了春冬
情義幾盅
諸事無常枯榮
持咒念誦
萬事終究成空

春天的愁緒

流水一處
一處茫然的愁緒

春花黃幾處
乍暖清水一池
楊柳依依
飛鳥枝上棲
不見柳下你
更添幾分惆悵心意
斷了春花香氣
模糊了春花美麗

情思空過春天一季
恍惚了心思
愁緒中　心又生希冀
等待來年春花季

靠近你的春季

靜悄悄地靠近你

就像一首小曲

優美的旋律

配著最美的詩句

成了溫暖的春季

美好的安處

那是盛開的鮮花

將馨香幽幽地傾訴

浮影　願風

秋風吹個不停
那是前塵的浮影
輪轉的夢幻宿命
沈睡著不醒

妄心無明
只記得前世的約定
在黑夜裡
看不到黎明

真心清淨
真妄相攻的幻夢

何時休憩
了結妄念情感的宿命

慈悲光明
無塵垢清涼的願風
散佈了四方
甘霖滋潤了性命

註：「真妄相攻」是修行者修到真妄相攻階段，假心一
出，真心假心就很難分清楚了。

失 戀

雲去無心不回歸

覆水難收回

若真無緣　難相會

大雁一隻哀怨飛

孤獨惆悵了眼淚

緣份命運隨

自然法規

猶如進退

事物生命的腹背

誰也離不開誰

太極是一
內含陰陽相對

其實　無所謂
內心不要糾結錯對
終將黃土一堆

天使點燃的火苗

月光皎潔逍遙

山上燈火寥寥

繁星滿天

星光璀璨了天庭不老

喝著清茶遠眺

山下萬家燈火燃燒

如同銀河繚繞

誰能知曉

夜空的星星

是否是天使點燃的火苗

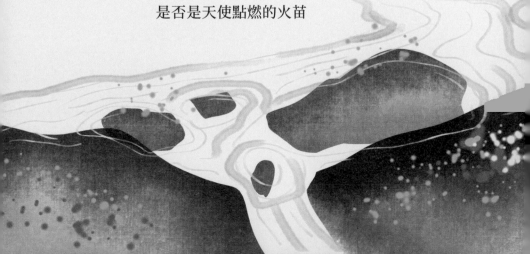

火苗放出了消息

心燈才能照亮天道

照亮通天的天橋

天堂大光明明照

現佛光喚召

大智慧的自在

解脫六道輪迴的鎖條

染紅 再成空

蕭瑟的秋風

　把楓葉染紅

　　像是

　　　冰冷的負情劍

　　　　刺破熱血的心房

　　　　　流出的鮮血染紅

當血流盡時

　鮮紅的顏色

　　變得沈重

　　　在冷酷中

　　　　被嗚咽的秋風吹落

　　　　　飄散　隨風而動

無情的風

　把彩色和綠色捲起

　　吹走了顏色

吹走了熱情

吹得天地

灰色寒冷又朦朧

浮華光影

終究會被

殘酷因緣的業風

吹成白骨

洗盡她的鉛華

更不留往日胭脂紅

陣陣的寒風

一次比一次的寒冷

凍得白骨夫人

穿起皚皚的銀裝

一切的斑斕色彩

都已消失成空

　　殘酷無情的人生

　　　猶如叢林法則

　　　　生生世世的相報

　　　　　不知道何時能了

　　　　　　輪迴　扮相

　　　　　　不識　再會　相擁

　　宿世的業力冷風

　　　繼續把你染紅

　　　　再披上銀裝

　　　　　化成虛幻的朦朧

　　不實的假象

　　　真真假假　執著不空

　　在執著中

　　　週而復始地

　　　　在六道裡輪迴

　　　　愛恨情仇

繼續交織著

　　無明地轉動　轉動

啊　一切的一切

　終究會

　　演化成風　成空……

心 相 無 相

內心空蕩
無限寬廣
日月星辰包羅萬象
雖然空蕩
還是有相
心動有了距離
距離有了時光

執著　喜捨名相
風和日麗的陽光
狂風暴雨的恐慌
柔情愛戀的臆想
寡情斷義的絕望
真是心想的
奇異世界風光

心想清淨觀想

進入寂靜的藍光

那天堂的安詳

只是無苦的清淨光

觀察太極的能量

生了兩儀四相

生了八卦萬千的氣象

心寂靜無相

混沌無極無相

藍色的甘雨

藍色的夢想裡

溫柔的小雨

猶如慈悲藍色的雨露

輕輕地飄落大地

無限的情義觸到了你

深情地滋養著你

親愛的你在哪裡

我要把你鎖在

柔情綿綿的藍雨裡

鎖在純潔晶瑩的

智慧的藍光裡

芬芳的藍雨

是慈悲的溫柔

我願意為你

守候在紅塵裡

直到藍色的甘雨

把你清淨成

無瑕的藍色琉璃

宿命的雨季

宿命雲煙難清晰
像浮萍沈浮不由己
不勝唏噓
只是一場綿綿雨季

觀燈下我你
竟然無言相覷
只有窗外細雨淅瀝
不知是否是花雨

海棠花一樹
心情卻難以平息
平添了許多愁緒
滿腹話語竟說不出一句

又是雨天相憶

只是臉上皺紋多了幾筆

觀手中掌紋

想知道命運軌跡

迷幻的香風陣陣
那是期盼的
紅塵浮華的浮生
因緣而生的人
歡喜地度春
從此　卻有了
難以忘記的刻骨愛恨

眼

淚珠含在雙眼
那是遠去的少年
開琢的眼泉
晶瑩透徹單純
折射彩色的世間

心中一輪寶鑑
皎潔清澈不思明天

拉開遮蔽的窗簾
明月猶如初見
那是遠去少年的眼
拉長了時間

心靈對撞的火花

星星可以作證眨眼

只是看不見

少年含淚的雙眼

備註：寶鑑是寶鏡，鏡子的美稱，亦喻月亮。

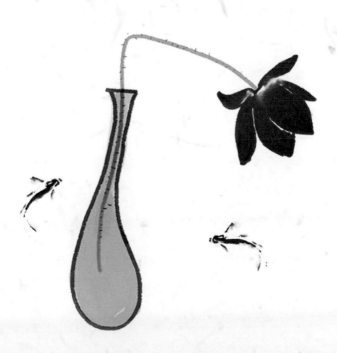

影 子

世人都喜歡留下痕跡
我卻隨緣而住
隨風輕撫你的心房
不攀緣你的影子

情義安住在心裡
隨著浮雲去看天地
只是心裡默默地發願
帶著有情的心意

心現了彩色美麗
卻追逐自己的影子
時時妄想偏執
影子卻又隨境飄移
心如影隨形不離

妄心編織的故事

妄想隨境演繹

不知道是自導自演

即在夢幻裡迷失

心　卻妄想得到真實

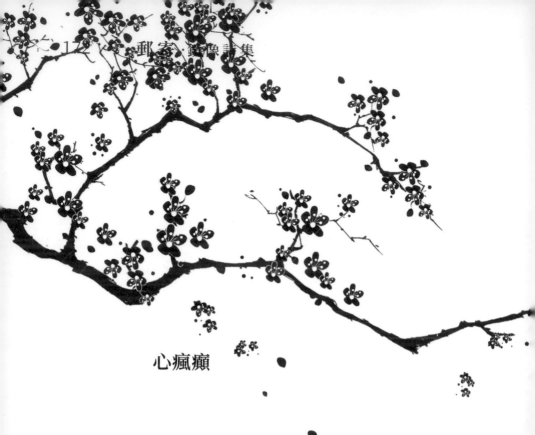

心瘋癲

傾心一人隨風散

無心萬人卻有緣

怨憎會苦是心談

愛別離苦嘆無言

求來求去皆夢幻

五蘊熾盛畫江山

苦樂境相由心現

亦真亦假心瘋癲

觀梅意識流

初春時節看梅
心情如流水
意念與花相依偎
希望花瓣織成衣袂

從此有了浪漫風味
喜歡飲酒幾杯
心意沈浸有些醉
希望夢裡相會

春雨已經霏霏
沾了朦朧的眼眉
夢　只是心念意相隨
從此不願回歸

妄想的世界和生命

迷幻的香風陣陣
那是期盼的
紅塵浮華的浮生
因緣而生的人
歡喜地度春
從此　卻有了
難以忘記的刻骨愛恨

人的一生
有無數的傷痕
那是紅塵裡地縱橫
被八苦傷得太深
妄心的分別執著
生了虛幻的六根
妄念閃了幾閃

情份就多了一份

筆墨就書寫了故事多本

生命就輪轉了幾輪

妄想的心

生了世界和生命

有了夢幻人身

有了山河裡走一程

有了世間的日出和西沉

有了熱冷的凡塵

那覺醒的經文

恭敬拜悟　修行真誠

讓我覺悟什麼是真

歲月心情相

老歌留家鄉
猶如老酒醇香
情留老地方
每年春季更芬芳

又一年輪迴情揚
春花綻放
我卻心想流浪
去雲遊天下四方

歲月滄桑
曾經站在山巔之上
也曾順著河水流淌
只是現在
已無力遨遊天蒼

青春已葬

我收斂了太陽的光芒

高高地掛起月亮

眼 淚

陰雨連綿的時候

心情多惆悵

陰暗的天空上

有多少眼淚蘊藏

你受傷的心臟

又有多少無奈的情傷

涓涓不停地流淌

孤獨的身旁

她憂鬱的眼上

不見淚珠流淌

卻能看見

內心的雨水滂沱天蒼

洪災已在地上

敗了豔麗的臉龐

散了幽幽芬芳

隨緣飄舞

白雲化成雨

又匯成河水

奔騰不息

水又變成水氣

升騰成雲雨

如此變化著輪迴不止

我想化成雲雨

雲遊四海各地

與你結緣

為你服務不著痕跡

走入你的生活

走入你的心裡

我只是款款深情的雨絲

朦朧成畫境的水氣

和你生命的血水一氣

那是有情的心識

你眼裡的鏡像

就是我們緣份的天地

境緣製造的美麗

就是心現的夢幻

隨境的我執 法執

產生了氣象萬千的畫圖

又迷惑了心意

用心思維

清涼的心意

卻生出一縷大愛情絲

隨緣飄舞

盼

雁南飛

寒涼的秋風吹

你也隨著風兒遠去

這蕭瑟讓心碎

讓心茫茫交瘁

喝杯酒

心中生無限傷悲

無人相陪

孤獨悲愁讓人酒醉

兩眼泊泊流淚

何時回

心繫故地何時情慰

春花凡妍美

不要等到花枯萎

謝了再回歸

命運遊歷

歲月悠悠漣漪

不歸遠去

漫長一條路

無回意

哪怕是山崖絕壁

也要遊歷

無所畏懼

自由地隨著風去

天邊彩霞處

漣漪地衝擊

毀了心的河堤

眼見的風雨

沾濕了衣服

沒有嘆息

不需要偎依

只會助長鯤鵬意志

要去遙遠的天際

絕無歸期

又一世 我在這裡

樹葉飄零

秋風漸漸地遠離

曾經的笑臉

美麗的顏色飄逝

一場茫然的夢

曾經在裡面尋覓

是否有前世的記憶

你在哪裡

那遙遠的約定

是否忘記

遍尋不著你的蹤跡

無限的相思

沈入了大海深處

遙遙無期

還是相見不相識

我在這裡

期許的雨

雨灑落了一地
只是為了等你
癡癡地在朝夕
情字寫在心裡

今生的相遇
猶如心靈的歌曲
那是久遠的期許
才有了這場雨

夢幻般的緣起
那是繼續著前世
添了一抹詩情畫意
縮短了心的距離

這就是因緣的離奇

夢裡的我你

變幻在塵世裡

因果掌握著

結局和來世的緣起

來世還有我和你

圓 滿

願望的芬芳

心生一縷清香
用真誠飄向四面八方
進入您的生命
進入您的心房
讓我們彼此　結下善緣
在心裡祝福對方

這份真誠的願想
希望為您打開一扇窗
看看不一樣的世界
看看我心中的天堂
讓心中的美好化成翅膀
自在地出去飛翔

希望您快樂好運
多一份消遣的頤養
多一份喜悅的氣象

一切皆是心投射的鏡像
一切隨緣　淨染之相
十法界只是心相
我的心相
是有緣的你
——如意吉祥

鏡像系列詩集

鏡像系列詩集

鏡像系列詩集

鏡像系列詩集

鏡像系列詩集

郵寄 鏡像詩集

作者	鏡像
發行人	鏡像
總編輯	妙音
美術編輯	彩色 江海
校對	孫慧覺
網址	www.jingxiangshijie.com
郵箱	contact@jingxiangshijie.com
代理經銷	白象文化事業有限公司
	401台中市東區和平街228巷44號
	電話：(04)2220-8589
印刷	群鋒企業有限公司
出版日期	2019年10月　　　　初版
ISBN	978-1-951338-39-8　　平裝

定價　　　　NT$520